LE
Triomphe du 9 Janvier

LETTRE

A

M. BORRIGLIONE

Député, Conseiller Général,
Maire de Nice

PAR

M. LÉON PILATTE

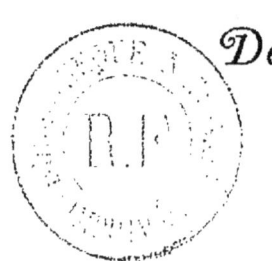

PRIX : 25 Centimes

NICE
CHEZ LES PRINCIPAUX LIBRAIRES
—
1881

A M. ALFRED BORRIGLIONE

Député, Conseiller Général, Maire de Nice

MONSIEUR,

Quelques jours avant les élections municipales, vous avez bien voulu, sur ma demande et à deux reprises, vous en entretenir longuement avec moi. Je ne venais pas plaider auprès de vous en faveur de telle candidature ou contre telle autre. Inquiet de certaines tendances que je voyais se manifester, honteux pour le suffrage universel de certaines manœuvres auxquelles j'assistais, je venais vous prier, dans l'intérêt de la chose publique, dans votre propre intérêt, d'user de votre influence pour empêcher les unes et les autres de triompher.

Votre réponse fut nette et catégorique. J'en ai retenu ces termes exprès : « Ma situation m'oblige et je suis résolu à garder une neutralité absolue aux élections prochaines, à ne me mêler en rien des choix à faire. » Et comme je vous faisais observer que vous échapperiez difficilement à la responsabilité de choix faits par des hommes qui, en toutes occasions, dans toutes les réunions, prenaient votre défense, prononçaient votre panégyrique ; qu'il semblerait incroyable que vous n'eussiez pas été consulté par eux, mis en demeure de leur faire connaître vos préférences : « Je vous jure ma parole d'honneur, me dites-vous avec une éloquente énergie, que je reste complètement étranger à la confection de la liste. »

« Jugez donc, ajoutiez-vous encore, la position dans laquelle je me trouve ! On veut éliminer certains conseillers municipaux actuels pour les remplacer par d'autres. Comment pourrais-je désigner moi-même ceux qui seraient à sacrifier ? Et comment m'irais-je de gaîté de cœur exposer au mauvais vouloir de tous les candidats déçus ? Le seul moyen d'échapper aux récriminations des uns et des autres est de me tenir complètement en dehors de la lutte électorale. »

Tel fut bien, n'est-il pas vrai, le sens, et je pourrais ajouter, tant mes souvenirs sont présents, le texte même de vos paroles, maintes fois répétées.

A l'ouïe de déclarations aussi péremptoires, je cessai d'insister et m'en allai, regrettant qu'un homme dont l'influence pouvait être décisive, se crût interdit d'intervenir.

*
* *

A ce moment, le *Comité d'initiative*, resté anonyme pour le public jusqu'à ce jour, achevait sa tournée dans les sections. Le *Comité central*, également anonyme, commençait et finissait son œuvre, non sans orages, dit-on. De leur côté deux autres comités, l'un dit *indépendant*, l'autre dit *de conciliation*, préparaient leurs listes de candidats et les mettaient au jour en même temps que paraissait celle du Comité central.

Nous étions au samedi 8 janvier, veille de l'élection.

Le soir de ce jour un messager se présente à ma porte et y dépose un pli cacheté à l'adresse d'un de mes fils. Le destinataire l'ouvre devant moi, et quelle ne fut pas sa surprise et la mienne en y trouvant des bulletins de vote du Comité central, accompagnés de votre carte de visite :

ALFRED BORRIGLIONE

MAIRE DE NICE

J'ai su depuis, la ville entière sait que des envois semblables ont été faits par milliers.

Le procédé, je me hâte de le dire, n'a rien en soi de blâmable. Chaque citoyen est libre d'accompagner de sa carte, pour la recommander, une liste de candidats. Mais convenez que j'avais quelque lieu d'être étonné, après vos solennelles déclarations de neutralité, d'abstention totale, de vous voir vous afficher ouvertement comme *le patron* de la liste du Comité central.

Que s'était-il donc passé depuis notre toute récente entrevue ? Quels puissants motifs avaient pu vous déterminer à quitter l'attitude impartiale de laquelle vous aviez juré de ne vous point écarter ? Quoi ? vous ne reculiez plus devant la nécessité cruelle d'immoler de vos propres mains ceux de vos anciens collègues qu'avait exclus le Comité central ? Vous braviez de gaîté de cœur l'hostilté, que vous aviez d'abord refusé d'encourir, de tous les candidats évincés ? Vous aviez *votre* liste, signée et paraphée par vous, *ne varietur*, au moyen de votre carte de visite !

Vous aviez changé d'avis, me direz-vous. Au dernier moment une illumination soudaine vous avait contraint d'abandonner l'impartialité sereine des jours précédents, de vous mêler à la lutte, de jeter le poids de votre nom dans la balance électorale.

Soit !

*
* *

Mais en prenant ce parti, Monsieur, vous avez assumé une responsabilité dont vous n'avez pas, je crois, mesuré l'étendue.

Ne vous méprenez sur ma pensée. Je ne parle pas des élus de dimanche. Ce n'est pas d'eux qu'il s'agit. Je les tiens pour tout aussi gens de bien que ceux dont les noms figuraient sur les autres listes, et capables, autant que d'autres, d'administrer les affaires de la ville. J'entends par la responsabilité que vous avez assumée celle des manœuvres au moyen desquelles a triomphé votre liste. Vous craigniez, en vous mêlant de l'élection, de provoquer le dépit plus ou moins justifié de quelques hommes. Je regrette que vous n'ayez pas craint beaucoup plus la réprobation de la conscience publique contre les manœuvres dont je vais parler et contre leurs fauteurs.

*
* *

Avant d'aborder ce triste sujet, un mot d'explication. Je n'entends mettre ce qui s'est fait ni à la charge du Comité d'initiative tout entier, ni à la charge du Comité central. Je suis même persuadé qu'aucune manœuvre blâmable n'a été délibérée ni votée par l'un ou l'autre de ces Comités. Leur président ne l'aurait certes pas souffert. Mais dans les réunions de ce genre, à côté des naïfs se trouvent les habiles, et les premiers s'aperçoivent quelquefois trop tard que les derniers les ont joués. De même aussi pendant que les Comités prennent des mesures correctes, des individus hardis, peu scrupuleux et irresponsables, prennent des mesures différentes, agissent à côté, et s'arrangent de façon à faire couvrir, par l'intervention des Comités, des manœuvres déloyales dans lesquels les Comités sont eux-mêmes enlacés et pris.

C'est ce qu'on a vu dans ces dernières élections municipales ; c'est ce que vous n'avez pu ignorer, Monsieur; c'est ce dont vous vous êtes rendu solidaire.

*
* *

Je ne viens pas faire des révélations. Les faits que je vais rappeler sont de notoriété publique. Je ne viens pas davantage dénoncer des individus. J'interdis à ma plume de tracer des noms qui sont sur toutes les lèvres.

Je dis que dans nos dernières élections municipales, pendant la période préparatoire, le suffrage universel a été surpris, trompé, — qu'on me passe l'expression rude et familière, — escamoté par des meneurs qui ne prenaient pas même la peine de se dissimuler.

*
* *

A ne voir que les formes, rien de plus correct que ce qui s'est passé. Un *Comité d'initiative*, présidé par un très honorable citoyen, a convoqué les électeurs de chaque section pour choisir des délégués au *Comité central ;* les délégués réunis ont élaboré, adopté une liste qu'ils ont proposée au corps électoral.

Mais regardons-y de plus près, Monsieur, et pour cela, veuillez m'accompagner à une des réunions de sections, celle de la place des Platanes.

A la porte, aucun contrôle sérieux. On demande aux uns leurs lettres de convocation, à d'autres rien. J'ai vu entrer plusieurs personnes étrangères à la section. Combien étaient dans ce cas ? Je l'ignore.

L'assemblée n'est pas invitée à nommer son bureau. Le comité d'initiative siège sur l'estrade et *prend* la présidence. Le président indique en très bons termes l'objet de la réunion : Nommer neuf délégués au comité central. Un membre du comité, sans qu'un mot eût été dit contre vous, prononce votre panégyrique. Quelques brefs discours, et les électeurs sont invités à présenter *une liste de neuf noms.* Un citoyen fait remarquer que chacun peut n'être pas en état de proposer *neuf* noms ; qu'on devrait recueillir tous ceux qui seraient proposés, les tirer au sort et les mettre successivement aux voix, jusqu'à ce que le chiffre de neuf élus fût atteint. On voit alors s'avancer vers le bureau un certain nombre d'hommes bruyants, qui semblent plus prêts à faire le coup de poing qu'à voter tranquillement, tirant de leur poche des listes que plusieurs, j'imagine, auraient eu bien de la peine à lire.

Le président annonce qu'il va donner lecture des listes. Il en lit trois ou quatre qui diffèrent peu l'une de l'autre.

Tout à coup un cri s'élève, poussé avec ensemble par une quarantaine de voix éraillées, mais fortes : *La première !* LA PREMIÈRE !! LA PREMIÈRE !!! On pense à l'air des *lampions*. Le président, interrompu par ces cris formidables, se résigne à mettre aux voix les noms. A peine le premier est-il prononcé qu'il est acclamé par la troupe des braillards avec un ensemble qui témoigne de répétitions antérieures. Quelques citoyens lèvent la main, un grand nombre restent immobiles.

— La contre-épreuve, dit le président.

Un des braillards, le coryphée sans doute, craignant que ses hommes ne se trompent, leur crie en patois : *La main à la poche !* Et le vote est acquis.

Nom après nom est ainsi voté, avec les mêmes cris, poussés avec la même régularité par les mêmes hommes.

La liste est complète. Beaucoup de citoyens se regardent les uns les autres, haussant les épaules en s'en allant.

La farce est jouée !

* *

Elle a eu autant de représentations qu'il y a de sections. Partout elle s'est passée de la même manière. Partout les réunions ont eu pour noyau le groupe bruyant, d'allures brutales, que nous avons vu à celle des Platanes. Partout on a crié : *La première ! la première !* Partout le vote a été accompagné de vociférations violentes et la contre-épreuve de l'avertissement : *A la poche !* Et quand dans une de ces réunions la moindre opposition à *la première* s'est élevée, le bataillon sacré a fait voir que s'il savait jouer des poumons, il saurait tout aussi bien jouer des poings.

Je vous le demande, Monsieur, est-ce là une

consultation du suffrage universel ? N'en est-ce pas la parodie pure, et, pour employer le seul nom qui convienne à de tels procédés, l'escamotage ?

Que cela se fît sous l'invocation de votre nom, vous pouviez n'être pas maître de l'empêcher. Les saints ne choisissent pas leurs dévots. Mais quand de propos délibéré vous avez couvert tout cela de votre nom, de votre approbation, de votre recommandation, permettez-moi de vous le dire: Vous avez offensé de la manière la plus grave les principes républicains, vous vous êtes fait le complice des pires ennemis du suffrage universel.

* * *

Ce n'est pas tout.

Après l'escamotage du suffrage universel par les procédés que je viens de vous rappeler, j'ai à vous parler de quelque chose de pire : *la corruption des électeurs*, dont vous ne vous êtes pas moins rendu solidaire.

Contre la première des manœuvres, les citoyens pouvaient se défendre. S'ils ne l'ont pas fait, si les uns ont été surpris, trompés, entraînés; si les autres sont restés inertes; si d'autres ont reculé devant une lutte qu'ils voyaient prête à dégénérer en pugilat, c'est leur faute, et il est à supposer qu'ils ne la commettront plus à l'avenir.

Mais contre cette arme empoisonnée, LA CORRUPTION, comment se défendre ? Comment défendre le corps électoral ?

Ici le dégoût s'ajoute à l'indignation, et j'ai peine à contenir l'expression du mépris que m'inspirent les honteuses pratiques des corrupteurs.

Ici encore des dehors légitimes, comme dans la

constitution et les procédés du Comité central, ont couvert des pratiques d'une toute autre nature.

*
* *

Il existe à Nice une troupe organisée en vue des élections dont l'effectif s'élèverait, d'après certains témoignages, à un millier de personnes. Cette troupe a son quartier général, ses chefs, ses sections et sous-sections, qui enveloppent la ville comme un vaste réseau. Les « hommes » qui la composent ont pour mission de former le noyau des réunions, publiques ou soi-disant privées, qu'il plaît aux chefs de convoquer. Là ils acclament, ils crient, ils votent. Hors des réunions, ils font la battue des électeurs, entraînent les indifférents ou les indécis, gourmandent les paresseux, brassent la matière électorale. Le jour du vote, tout le monde donne, comme à un assaut. Ils sont en nombre aux abords des sections, distribuant les bulletins, surveillant les électeurs, les suivant parfois jusqu'à l'urne pour s'assurer qu'ils y déposent le *bon* bulletin.

Jusque-là, tout est correct ou à peu près. Les partis ont le droit de se compter, de s'organiser, de faire de la propagande, de solliciter les votes en faveur de leurs candidats préférés.

Mais où la chose commence à devenir suspecte, c'est quand on considère la classe à laquelle appartiennent pour la plupart, sinon tous, ceux que j'appellerai, pour plus de commodité : *la Brigade électorale*. Ce sont des travailleurs (?) des plus humbles métiers, vivant au jour le jour selon toute apparence. Or comment se pourrait-il que ces gens quittassent leurs occupations pour consacrer des journées, des semaines entières à la besogne à laquelle nous les avons vus occupés? Nice ne compte pas, que je sache, surtout dans sa classe la plus pauvre et la moins éclairée, tant de citoyens héroïques, capables de sacrifier leur pain quotidien et celui de leurs familles au triomphe d'une cause. Il faut vivre d'abord. Tant que dure l'action ils vivent donc ; ils mangent. Les auberges de la vieille ville et… des faubourgs regorgent, à certaines heures, de consommateurs inaccoutumés. Les aubergistes postulent à l'avance l'entreprise de nourrir une « section ». Ils mangent, et jamais on ne les voit payer. Ils boivent, ils font boire,

Et *d'électeurs* buvants les cabarets sont pleins.

On a parlé des *Rastels* de l'empire. Les repas dont les convives sont désignés dans la vieille ville par le terme *achelu dou ris*, sont-ils autre chose que les Rastels, — je rougis d'accoupler ces deux mots, — les Rastels de la République ?

* * *

La « brigade » mange donc. Elle ne mange pas seulement ; elle touche une solde. Dans une autre élection, où la brigade opérait, les « hommes » les moins payés recevaient, — je l'ai su d'un *soldé*, — trois francs par jour et la nourriture. Ils se plaignaient des gros bonnets, des favorisés qui touchaient plus en « travaillant » moins, prêts du reste à faire la même besogne pour qui les paierait davantage, étant au plus offrant et dernier enchérisseur. Quant à ceux qui viennent d'opérer, on a pu les voir bien des fois depuis quinze jours, réunis par groupes, par « sections », debout sur les trottoirs, dans le voisinage de certains locaux qu'il n'est pas

besoin de désigner, attendant le retour de quelqu'un,
du chef de la « section » sans doute, qui, enfin re-
venu, distribuait aux fidèles, serrés autour de lui, les
ordres et le salaire.

*
* *

Une telle troupe doit coûter cher, mais elle n'est
pas seule à pourvoir. Le grand jour venu, il faut
songer à la distribution des bulletins, au racolage
des électeurs flottants. C'est alors que « l'élite »
donne. Elle est grassement payée : dix, douze, quinze,
trente francs pour la journée. C'est le moment so-
lennel ; on ne compte plus. Aux abords de certains
lieux de vote, le vin coule librement du large flanc des
dames-jeannes dans les gosiers d'électeurs assoiffés.
Le soir, ripaille partout. Et ce n'est pas aux frais des
ripailleurs que s'offrent les bouquets, que se font
les banquets, les farandoles et les illuminations.

Essayons de supputer la dépense.

Je ne parle pas de la dépense nécessaire, légi-
time, avouable de l'élection : affiches, bulletins, dis-
tributeurs. Je parle de la dépense inavouable, bien
que manifeste.

Elle est énorme.

Qu'on songe au nombre, à l'appétit, à la soif,
aux exigences de la bande vénale.

On parlait naguère dans la ville de 40, 50,
60 mille francs et plus dépensés pour une élection
isolée. Celle-ci ne saurait avoir coûté moins. Elle
doit avoir coûté bien davantage.

*
* *

Mais ici une question se pose à laquelle il est bien difficile de répondre :

Qui paye ?

Ce n'est pas vous, Monsieur, je m'en porte garant.

Je n'attribue pas davantage à vos honorables collègues du Conseil municipal ces étonnantes largesses. Qu'une minime fraction des dépenses légitimes leur incombe, je l'admets. Mais je ne saurais croire d'aucun d'eux qu'il voulût acheter au prix de plusieurs milliers de francs l'honneur de se dévouer aux intérêts de la ville.

Qui donc paye ? Car enfin on a payé.

Point de souscription publique. Aucun donateur généreux annonçant une offrande princière pour aider au triomphe de la cause.

Quelle fée anonyme a donc transformé le Paillon en Pactole pour votre plus grande gloire et le triomphe de *votre* liste ?

S'agissait-il de vaincre, au nom de la France, le parti séparatiste ? Il avait déserté la lutte.

S'agissait-il de défendre la République ? Tous les opposants s'abritaient sous le drapeau républicain.

Quels puissants intérêts ont donc pu inspirer des sacrifices si grands ?

On en donne des explications que je n'ai garde de reproduire n'étant pas à même de les contrôler. Je suis donc réduit à m'écrier avec beaucoup d'autres aussi étonnés que moi :

Mystère !

* *

C'est du sein de cet impénétrable nuage, Monsieur, que vous émergez triomphant.

Vous remerciez avec effusion les électeurs de la confiance qu'ils vous ont témoignée. Que diriez vous donc à ceux qui, en fournissant le nerf de la guerre, ont fait si bien jouer à votre honneur et profit la machine électorale, si vous les connaissiez ?

Mais leur modestie égale leur libéralité. Nous ne saurons jamais leurs noms.

N'importe ! qu'ils trouvent ici, ces anonymes aux inconcevables ou inavouables motifs, l'expression du dégoût qu'éprouveront tous les véritables républicains en constatant le double méfait dont ils se sont rendus coupables contre la ville, contre la Patrie, contre la République, l'ESCAMOTAGE ET LA CORRUPTION DU SUFFRAGE UNIVERSEL.

Vous triomphez, Monsieur, du nombre des voix que vous avez obtenues. Vous savez bien, vos amis savent encore mieux que si vos adversaires ou vos rivaux, employant les mêmes moyens, achetant les mêmes hommes, avaient dépensé le double, votre succès se serait changé en échec. Eux aussi auraient eu mille agents ; eux aussi auraient gagné *achelu dou ris* en ajoutant à ce riz de la viande en des Rastels plus gras ; eux aussi auraient trompé, séduit, entraîné la foule indécise. Mais quoi ? Au lieu d'un scandale, nous en aurions eu deux. C'est assez d'un à la fois.

*
* *

Il m'en coûte, Monsieur, je vous prie de le croire, de jeter cette note discordante au milieu du concert de félicitations dont vous connaissez le prix. Il m'en coûte surtout d'avoir à constater la solidarité que vous avez affrontée, le jour où, cédant à de funestes conseils, vous avez endossé, couvert de votre nom le scandale électoral dont notre Nice vient d'être le théâtre.

Je n'ai jamais été, vous le savez, votre adversaire, encore moins votre ennemi. Je vous tenais grand compte d'avoir, au moment opportun, quitté le parti séparatiste pour vous rallier à la France. Pour ce service signalé rendu à la commune patrie, j'éprouvais pour vous une bienveillance que les récriminations de vos adversaires n'avaient pu ébranler. Je suivais avec sympathie et vos travaux législatifs et votre administration municipale. Aux services que vous avez déjà rendus, je comptais vous voir ajouter d'autres services qui vous mériteraient une popularité toujours plus grande.

En pactisant avec les faits que j'ai rappelés, vous avez froissé tous ces sentiments ; vous avez perdu ma confiance politique.

Aucun service rendu dans le passé, aucun service que vous pourriez rendre dans l'avenir ne sauraient compenser l'atteinte portée à la sincérité, à la dignité du suffrage universel. On ne saurait attendre que vous rompiez avec les auteurs de la mauvaise œuvre qui vient de se faire. Ils vous ont trop servi pour que vous ne leur apparteniez pas. Vous leur avez donné votre nom en gage. C'est pourquoi, confondu avec eux, vous devrez désormais compter pour adversaires politiques tous ceux que révolte l'idée de voir Nice devenir le Bourg-pourri de la France.

*
* *

Vous ne serez point surpris que j'aie choisi cette voie pour vous exprimer ma pensée. Je n'ai pu songer aux journaux. Des quatre que possède la ville, deux vous sont trop acquis pour qu'on puisse vous y dire des choses désagréables ; les deux autres ont montré contre vous trop d'hostilité personnelle pour qu'il me convienne de paraître, en leur demandant de m'ouvrir leurs colonnes, partager leur animosité contre vous.

Votre dévoué concitoyen,

LÉON PILATTE.

Nice, 14 Janvier 1881.

TYPOGRAPHIE ET STÉRÉOTYPIE V.-E. GAUTHIER ET Co.

NICE — 1, Descente de la Caserne, 1 — NICE

23

www.ingramcontent.com/pod-product-compliance
Lightning Source LLC
Chambersburg PA
CBHW061533170626
46811CB00004B/1938